청어詩人選 457

성점아 시집

84세에 쓰는 시

청어

시인의 말

초등학교 때 이태백의 시를 보고 시인의 꿈을 가지게 되었다.

그러나 가정 형편 때문에 학업을 계속할 수 없었고, 또 여자라는 이유로 차별을 받았던 시절이다 보니 내 꿈을 펼칠 수 없었다.

꿈을 포기할 수 없었던 나는 78세라는 늦은 나이에 서울방송통신대학교 국문과를 도전해 졸업했다. 그리고 시를 공부하기 시작해서 드디어 시인이 되었다.

죽기 전에 꼭 시집을 한 권 내고 싶은 마음이 있었으나 여의찮아 고심하고 있었을 때, 제3회 이윤선 시인 문학상을 주신다는 말에 기쁘게 시집을 낼 수 있었다.

그리고 늙은 제자에게 시를 가르쳐 주시고 해설을 써 주신 공광규 선생님의 배려와 사랑에 깊은 감사를 드린다.

또 따뜻한 애정을 보여주신 정남현 시인님과 홍 선생님께도 심심한 감사를 드리고, 이 부족한 사람에게 문학상을 주신 이윤선 시인과 청어출판사 이영철 발행인께 감사드린다.

이 큰 인연들을 허락하신 하나님께 감사드리며 내 생이 얼마나 남았는지는 모르나 죽는 날까지 시의 끈을 놓지 않을 것이다.

또한 같이 공부한 모든 문우의 가정에 믿는 신의 가호가 깃들길 빈다.

끝으로 속 안 썩이고 잘 커 줘서 고마운 내 자식들에게 고맙고 미안하다.

돌아보면 서럽고 눈물 난 가시밭길이었지만 그래도 모두 다 감사한 시간이었다.

2024년 여름
성점아

차례

2부 끊을 수 없는 끈

3부 쑥을 뜯으며

4부 등 굽은 어미

해설

1부

_____

진달래꽃 목걸이

가족들 생각

햇볕이 좋아 밖으로 나가보니
어젯밤 내린 비로
나뭇잎과 풀들 싱그럽게 춤추고 있다

내 유년 시절
5일장이 열리는 날엔 장사하러 가신 아버지
정성스럽게 맛있는 밥을 해주신 어머니

물레 돌리시던 할머니
명절이 되면 손수 짠 옷감으로
우리 형제들 새 옷 지어 주시고
새 신발 사 주셨다

행복했던 유년의 추억
엉키지 않는 실타래처럼
술술 풀려 나온다

감꽃과 유년

감나무에 달린 감꽃을 보니
내 유년이 생각난다

추석이 다가올 때쯤
참새 떼 벼논으로 날아든다

나는 논으로 나가
새들을 쫓아주는 손녀가 되어
할머니 칭찬을 독차지했다

할머니는 풋감 따서 단재기에 담아
떫은맛 우려낸 후
내 주머니에 넣어주셨다

그 시절이 그립다

진달래꽃 목걸이

배고파서 책보자기 등에 메고
찾아간 진달래꽃

봄바람에 헝클어진 머리카락을 뒤로 넘기며
허기를 달랬었다

팔순이 넘어가고 있어도
진달래꽃 맛 잊지 못한다

어느 해
진달래꽃으로 목걸이하고 찾아오셨던
어머니의 발자국 소리
지금도 귀에 들리는 듯하다

추석

불볕더위로 이글거리던 여름이 물러가면
시원한 가을바람을 타고
추석이 다가왔다

가을 가지마다 익어가는
감 밤 대추 고추
바라보기만 해도 배가 부를 만큼 좋았다

부모님은 들과 산과 시장으로
바쁘게 다니셨다

제사상 올릴 과일과 생선
우리들 옷과 신발 사 오시면
너무 좋아서 친구에게도 자랑하고
별과 달에게도 자랑하고 싶었다

밤이 되면 마당에 모깃불 피우고
평상에 누워 손가락을 세며 기다렸던 추석

다시 올 수 없는 그 추억
동무들과 내 유년의 고향이 그립다

해남

꺼내도 꺼내도 뒤적일 게 많은 고향
달리고 달려가니
옛정 그리워 마중 나와 반기는
길 들 산 풀 꽃 나무 시냇물 바다

내 발자국이 찍힌 그곳

모두 나와 반기는 푸른 생명들
귓가에 쟁쟁했던 풀벌레 소리
초여름 노래하던 뻐꾹새
알 꺼내갈까 애원하던 꿩

노랫소리 울음소리 변함없다

잠자던 유년은 추억 속에서 깨어나지만
마중 나온 부모님 불러도 대답이 없고
고추밭 두렁 비닐 씌우고 있는 허리 굽은 농부
새참 막걸리 한 잔 건네지 못하는 농촌 현실

핸드폰으로 주문하는 음식들
지난날 서로 나누던 새참 풍속은
어디에서도 찾아볼 수 없는 안타까운 내 고향

돈

부모님이 주신 용돈
구기지도 때 묻지도 않았던
깨끗한 지폐 받아 썼던 기억
어른이 되어서야 헤아려 본다

어렸을 땐 호주머니 가득 채워
마음껏 쓰고 다니며 나누고 베풀었어도
주머니에 돈이 늘 남아돌았다

그러나 어른이 되어
아무리 돈을 많이 벌어도
언제부턴가 주머니가 비기 시작했다

살금살금 빠져나가지 못하게
자물쇠로 잠그고 양팔로 껴안으려 해도
바람 타고 강물 위로 날아가 버렸다

이상하다, 이상하다
빈 주머니만 만지작거린다

어미는 걱정 말고

햇볕 바람 비
배부르게 먹고 자란 무와 배추

뉴스에서 동장군이 온다는 소식에
무와 배추 서둘러 뽑아와

소금물에 절여 씻어서
여러 양념 맵시 곱게 넣어 김장을 했다

내 사랑 가득 담아
아들 딸 집에 택배로 보냈으니

이 어미는 걱정 말고
잘 먹고 건강하고 행복하게 살길

풀빵

장이 서는 날이면
아버지는 돼지 오리 닭을 사서
웃돈을 조금 얹어
즉석에서 다시 파는 장사를 하셨다

학교 갔다 오는 길
아버지 찾아 장터에 가면
친구들과 뭐 사 먹고 집에 빨리 가라며
용돈을 주셨다

나는 대장이 되어 호주머니를 만지며
친구들을 거느리고 다녔다

길가 종래풀빵 집에서
친구들에게 수도 없이 사줬다

목젖을 드러낸 웃음소리 컸던 시간
다시 올 수 없는 그 추억

팔십이 넘은 지금도
길가에서 파는 풀빵을 보면
옛 추억이 그리워 하나씩 사 먹는다

나는 계모인가? 애국자인가?

TV를 보니 청문회에 나와
깔끔한 넥타이에 멋진 양복 입은 사람
부모덕에 명문대 나와 왜 당당하게 서 있지 못하는가

그 앞에서 퍼붓는 질문들
군복무와 청렴함을 묻고 있는데
여러 핑계를 대다 고개 숙인 모습에
나는 화가 나서 쌍욕을 날려 주었다

내 자식 귀하지 않은 부모 어디 있겠는가
내 지난날을 돌아본다

내 아들 4살 때 남편이 돌아가셨다
딸은 있지만 아들이 한 명이란 이유로
방위병이란 영장이 나왔다

남자는 당연히 군복무를 해야 한다는 생각에
아들과 한 마디 상의도 없이 노원경찰서로 달려가
현역으로 보내 달라고 했다

육군을 지원시켰으나
의경으로 군복무를 하게 된 아들

데모대가 던진 화염병에 두 번이나 불이 붙어
병원에 실려 갔다는 말을
제대 후에 알게 되었다

나는 계모인가 애국자인가

봄

산수유나무 물 마시는 소리에
어린 잎 눈 비비며 기지개 켠다

고운 빛 나르는 봄바람에
고개 내민 개나리꽃 사이를
참새 떼 노래하며 날아다니고

자고 있던 시냇물 흐르면
부지런한 곤충들 봇짐 지고 소풍 간다

들꽃 산꽃 나팔 불며
남에서 북으로 번지는 봄빛 물결

가을

산과 들 여기저기 쏘다니며
물감통 들고 홍단풍 청단풍 참나무 신나무
정금나무 화살나무에 화려하게 색칠해 준다

은행나무에 노란 부채 옷 입혀주면
열매들 부지런히 익으라고 부채질한다

천고마비의 계절
인심도 넉넉해지는 풍요의 시간

눈치 빠른 장사꾼은 가을을 펼쳐놓고
신나게 파느라 바쁘다

할머니는 기상청 예보관

뒷산 소쩍새
솥 적다 솥 적다 울면 풍년의 소식
솥 텅 솥 텅 애처롭게 울면 흉년이 든당께

줄지어 집 찾아간 개미 행렬과
하늬바람 샛바람은
비가 올 신호여야

마당에 놀던 닭이
높은 곳 올라가면
많은 비가 올 예보랑께

검은 소나기구름 흘러가는 방향 따라
번개와 벼락까지 정확한 예보관 통보에
장독대 덮었던 기억들

할머니는 비 올 것을
어떻게 아느냐는 질문에

이 할미는 느그들처럼 글 배웠으면
나라님도 했을 것이라고 하셨던

그 말씀이 지금도
귀에 들리는 듯하다

여름이 오면

동무들과 담벼락 밑에
쭈그리고 앉아 어디로 갈까
손바닥에 침을 뱉어 손가락으로 탁 쳐서
침 떨어진 방향을 따라 뛰었다

바다로 나가 짱뚱어도 잡고
술래잡기도 하다가
바닷물이 빠지기를 기다렸다가
바지락을 잡았다

하도 많이 까먹어봐서
바지락 까먹은 손놀림
달인이 되었다

돌아보면
바다가 우리를 먹여 살렸다

고향 생각

여름 되면 동무들과 바다에 나가
게 짱뚱어 잡으려
이리 뛰고 저리 뛰었던 놀이터

바지락 잡을 물때가 되면
귀 코 다 막고 바닷물 깊이 들어가
욕심껏 바지락을 많이 잡아왔다

마당에 놓인 평상에
둘러앉은 가족들

모깃불 피워 놓고
코가 파묻히게 먹고 배 두드리며
서로를 보고 크게 웃었던 추억
눈앞에 아른거린다

나와 6·25

10살 때 겪은 한국전쟁
배고픔과 남녀 차별로
어른들 눈치를 보면서 성장했다

결혼도 선도 보지 못하고
사진 한 장 없이 부모가 시키는 대로 했다

세월이 지나 자식들 공부 가르치기 위해
빈 몸으로 고향을 떠나 타향살이를 하면서
나는 더욱 강해져야 했다

이제와 생각하니
돌보지 못한 내 육체에게 미안하다

84세가 넘으니
지팡이에 의지하면서 나선 길

복지관 젊은 선생님들 친절한 인사와
맛있는 음식 대접에 마음이 찡해온다

고마운 마음에
여러 선생님 얼굴을 마음속에 그려놓고
날마다 기도 올린다

비둘기

따스한 봄날에 이사했다
유리창 없는 뒤쪽 넓은 베란다
넉넉한 그 공간에 화초를 가꿨다

구석에 놓인 빈 화분은 비둘기 둥지가 되었다
알 두 개를 정성껏 품고 있는 어미
먹이를 구해온 아빠 비둘기

얼마나 지났을까
부화한 새끼들의 옹알이 소리
날갯짓 연습에 부산한 비둘기 전셋집

날갯짓 빠른 오빠는 부모 따라 날아다니는데
어리광만 부리던 동생은 따라 날지 못했다

베란다 사방에 늘어놓은 배설물에
언제 날아갈까 궁금해
우산으로 새끼 몸에 대어 시험해 봤다

내 행동에 놀라 아직 익지 않은 날개로
어디론가 도망갔다

비둘기 온 가족이 함께 어울려 살까
걱정이 되었다

우산으로 건드리지 않았다면
날개 연습을 많이 해서 부모를 잘 따라갔을 텐데

혹시 길이 엇갈렸으면 2020년생이라고
이마에 붙여주었다면 어디서나 만나지 않을까

비둘기를 보면 발걸음을 멈추고 바라보는
습관이 생겼다

참회

나무와 꽃들이 우거진
푸른 고향
이산 저산 골짜기 휘젓고 다니면

놀란 토끼와 고라니 정신없이 도망치고
알을 품고 있던 꿩은
우리의 소란에 주변을 떠나지 못하고
절박한 날갯짓으로
꿩꿩 목청 높여 울었다

우리는 아랑곳하지 않고
우거진 숲과 맹감 덤불 속을 샅샅이 뒤져
수북이 낳아 놓은 꿩알을
서로 많이 가지려고 몸싸움을 벌였다

주머니 가득 주워 담아 콧노래 부르며
할머니가 부르는 소리에 달려가
모두 드리면
이 작은 꼬막손으로 애썼다며 칭찬해 주셨다

부모가 되어
눈에 넣어도 아프지 않을 자식 둘을 잃고 보니
그때 꿩의 몸부림과 애원이 귀에 쟁쟁하다

죄의식과 미안함으로
지난날을 참회한다

김장 세습

찬 바람 불어
노란 은행잎 떨어지기 시작하면
김장하는 늙은 어머니
새벽부터 동동거리셨다

대대로 이어오던 김장 풍습
어머니의 사랑과 희생이
내 마음에도 옮겨붙었다

지난날 어머니가 그러하셨듯
나도 올해도 김장을 해놓고
자식들 입에 들어갈 생각을 하며
흐뭇하게 바라본다

불암산

구불거린 갈림길을 걸어
불암산에 올랐다

높은 봉우리도 낮은 골짜기도
알록달록 가을빛이다

붉은 팥배나무 열매
노간주 열매

거센 바람에도 꺾이지 않는 억새
크고 작은 나무와 풀들

파란 하늘을 향해 웃으며
깊어가는 가을을 흔들고 있다

겨울로 접어든
내 나이

내 남은 생도 불암산 단풍처럼
잘 물들다 가고 싶다

반 그릇의 밥

가난했던 종갓집 장손으로
무거운 짐 모두 지고

겨울이면 두부 장사
여름 되면 수박 참외 팔아보지만
살림살이는 텅 빈 가난뿐

끼니때가 되면
어머니 밥그릇 상에 올라온 적 없고
아버지 진지 그릇에 남겨놓은
반 그릇의 밥

우리 형제 퍼가는
숟가락 부딪치는 소리에
빙그레 웃음 짓던 어머니의 모습

그때는 철이 없어 몰랐다

결혼 후에야 알았다
어머니에 대한
아버지의 사랑법이었다는 것을

2부

끊을 수 없는 끈

커피

마음속 앉아 있는 무거운 바위
양손으로 흔들어 봐도 꼼짝하지 않는다

잡다한 수다와 노래로 달래 보지만
소용이 없다

자판기에서 동전을 넣고 커피를 사서
나지막한 언덕에 올라

나무의자에 앉아
숲의 고요와 마주하고 눈 감으니

천근 근심이 들어있던 마음에서
바위가 저 스스로 굴러 나간다

자주자주
이런 사색의 시간을 가져야겠다

명절

달력을 보니
설이 며칠 안 남았다

마음은 걱정 없이 태평하다

오고 가는 사람들
깨끗한 옷차림에 환한 미소가 곱다

내 유년
부모님이 사 오신 파란 리본 신발
선반 위에 얹어 놓고
친구들에게 자랑했었다

풍요롭게 살고 있는 손자들에겐
옛날 옛적
전설의 고향 이야기일 것이다

두 친구

갈까 말까 망설이다
물어물어 찾아간 서울방송통신대학교
넓은 캠퍼스에 각지에서 모여든 학우들

서로 늦공부 설움 이심전심 풀고 있는데
한문 교수님이 나에게 다가오셔서
어떤 학우를 소개해 주면서
중국에서 왔으니 사이좋게 지내라 부탁하신다

웬 자식은 그렇게 많이 낳아
데리고 다니며 시끄러운지
방 구하기도 힘들 것 같아 걱정이 되었다

컴퓨터 교수님 따라온 또 한 친구는
운동하지 않았는지 허리를 구부린 채
예의도 없이 사방팔방 돌아다녔다

참다못한 다른 학우들이
화를 크게 내며 쫓아내려 하자
국문학과 교수님의 부탁이라 떠날 수 없다며
내 혁대를 붙잡고 매달린다

옷깃만 스쳐도 인연이라는 말

두 친구를 데리고 다니느라
4년 동안 너무 힘들었다

무궁화

금수강산 곳곳에 서서
초록노래 부르며 봄바람 마중 나온
누구나 다가갈 수 있는 무궁화

겉모습 온화하나
붉은빛 강렬하게 품고 있다

어려운 역경 속에서도
나라 위해 강하고 담대하게 싸워 이긴
애국정신이 흐르른 꽃

벌레에게 뜯어 먹혀도
다시 끝없이 피어나는 강인한 정신

동서남북을 바라보며 피고 또 피어
대한 사람 대한으로
우리나라 만세 노래를 부르고 있다

목련

베란다 밖 서 있는 목련
새벽부터 종종거리며 바쁜 맏며느리처럼
겨울잠 일찍 깨어 봄소식 전한다

푸른 생명 기지개 켜 오는
색색 옷 차려입은
민들레꽃 개나리꽃 진달래꽃 이끈 목련꽃

산과 들에 모두 모여 활짝 봄을 웃는다

하얀 절정으로 눈부시게 피어
고개 당당히 들고 살라고 말을 걸어오는 것 같다

수입산 꽃들이 넘쳐나는
우리나라

내 나라 내 땅 꽃들을 사랑하고
지키라는 것 같은 우리 목련꽃

정이품 소나무

계절마다 유혹하는
고운 색 옷 밀어내고
사철 푸른색만 고집하신다

파수 보는 소나무
후손에게 써 놓은 교훈
정의가 아니면 굽히지 말라신다

세조 임금 속리산 여행길
가마가 나무에 닿을까 걱정되어
스스로 가지를 높이 올리는 모습에

나라님도 감명받아 가마에서 내리시고
그 소나무에게 정이품 관직을 하사했다

오백 년을 지나온 역사 속에서도
바위틈 낭떠러지에 매달려
사철 푸는 솔잎 총 메고 서서
높은 곳 오르려고 남의 등 떠밀지 말라신다

주어진 삶에 감사하며 서로 존중하는 사회가 되어
나라를 사랑하고 편 가름없는 민족이 되라는
큰 가르침을 깨우쳐 주신다

창살 없는 감옥

햇볕과 봄바람 살며시 내 마음 흔들어 댄다

형체도 보이지 않는 코로나19
세계를 떠돌아다니는 공포

마스크 쓰기 손 씻기 거리 지켜 걷기 모임 금지

자식집도 이웃도 왕래하지 않는 것이
애국하는 일

유년의 추억 주마등처럼 스쳐가니
나의 살던 고향은 꽃 피는 산골 노래가
온갖 꽃들과 나비 떼 종달새 데리고 날아온다

이 청아한 위로
대자연이 거저 준 맑은 공기
흙길에 앉아 꽃구경하던 그 시절이 그립다

끊을 수 없는 끈

길이가 길어 재어 보지 못한 끈
오늘도 나를 동여매고 끌고 다닌다
자르고 잘라도 끊어지지 않는 무지개 끈

비가 오면 햇빛 되어 말려 주고
봄이 되면 꽃향기 가득
바람에 실려 오는 눈부신 끈을 자를 수 없다

매일 밤 자르고 잘라 보지만
자를수록 더욱 옥죄어 오는 끈

찬란한 재주를 부린다

끈이라는 동아줄에
주렁주렁 희망을 짊어지고
가시밭길에서도 오색 빛 쏟아 내며
나를 데리고 높이높이 날아오른다

공존의 삶

창살 없는 감옥에 가둔
코로나19와 절망적인 뉴스들

태풍과 장마로
집이 떠내려가고 산이 무너지고
도로까지 끊어버린 자연의 경고장

무분별한 개발 욕심 버리고
공존하는 삶을 배우라 한다

중랑천의 따뜻한 햇볕 속에서
사방을 둘러보니 온통 초토화된 풀과 꽃들이
진흙 속에 누워 있다

정 많은 산들바람이 쓰러진 푸른 생명들을 일으키고
순하게 흘러가던 물도 힘을 합쳐 씻겨준다

길가의 풀들과 큰 키 자랑하던 갈대는
허리가 꺾여 일어서지 못해도 원망하지 않는다

지구 종말이 와도 한 그루의 사과나무를 심겠다는
네덜란드 철학자 바뤼흐 스피노자가 생각났다

추석

유년을 떠오르게 하는 둥근달
변함없이 찾아왔지만
마음속 곳곳이 텅 비어있다

전 세계를 공포에 떨게 하는 코로나19
아들 회사 직원 한 명 때문에
전 직원이 모두 격리되어 있다 한다

추석날 함께 하지 못한 불효자라
울먹이는 아들
걱정과 함께 마음이 쓸쓸한 명절

마음을 달래려
친구와 함께 간 불암산 산책로
골짜기마다 흐르는 물소리가 청량하다

아들의 전화
다행히 아들은 감염되지 않았다는 소식
갑자기 만물에 감사기도를 했다

가을

푸른 물 뚝뚝 떨어지는 농익은 하늘
햇살이 산들바람 능선을 타고 번져간다

무더운 여름 서로 손잡고 견딘 숲
땀방울 씻어낸다

자연

햇볕 따라 바람 불어
고개 내민 푸른 생명들
뿜어낸 색감의 향기에 취해

한평생 살아갈 땅
생존의 쉼터에서
번식하기 위해 춤을 춘다

꽃 속을 누비는 벌과 나비
짝짓기 하는 날갯짓

청아한 메아리와 함께 사는
축복받는 생명들

아름다운 자연의 순리

옛 고향에서

무수한 이야기꽃 피던 내 고향

파란 하늘과 푸른 바다가 만나던 수평선
사철 푸른 해송 숲에서 불어오던 솔향기

내 추억이 머무는 곳

물새 산새 노래하던
바닷가와 들녘을 뛰어다녔던
옛 친구 만나 반가웠으나 눈물이 났다

철조망으로 가둬 버린 바다와 산과 들
재잘대던 아이들 웃음소리 사라진 지 오래된
늙어버린 고향

서로 반가워서 노인정에 모인 친구들
낯익은 얼굴 주름투성인 모습
그 앳된 얼굴들 다 어디로 가버렸는지
슬픔이 가슴을 파고들었다

가을 하늘 아래서

푸른 하늘이 깊어가는 가을
넓은 들판 고개 숙인 누런 벼들
사방을 물들인 색색의 단풍들

따뜻한 햇볕과 시원하게 불어 주는 바람
가지마다 무르익어가는 열매들

겨울이 오기 전에 자연이
크고 좋은 것만 가져가지 말고
고루 배려하며 나눠가지라 한다

자연의 베풂과 사랑 배우며
서로 공존하는 삶을 살아가라는 자연 앞에서
지난날 나를 뒤돌아보며 반성해 본다

봄이 오는 소리

따뜻한 햇볕
높은 곳 낮은 곳 두루 비추니
놀란 동장군 북으로 도망간다

푸른 발걸음 소리에
밥상 차리는 어머니 손길 바빠진다

냉이 달래 함께 밥상에 오르지만
언제나 대장은 김치

온 식구 둘러앉은 밥상
공부의 중요성과 건강 이야기 중
오늘 반찬이 제일 맛있다는 애교를 부리면

어머니는 막내딸인 나를 안아주시며
모든 피로가 풀리는 듯
얼굴에 활짝 핀 미소가 번지신다

가을풍경

추석이 다가오자
살랑살랑 몸을 흔들며

가까이 다가와 자신들의 작품 감상하라며
자랑하는 가을바람 수다

가지마다 익어가는 사과 배 감
영양 덩어리

가을 되면
좋은 열매 골라 담는 부모님 마음

아들딸 집에 보내주라는 부탁에
택배 아저씨 신발이 닳는다

기말시험

기말시험을 보기 위해 지하철에 앉아
익숙지 못한 단어들을 외우며
지그시 눈을 감고 마음을 진정시켜 본다

아련히 떠오른 외국 단어 놈들마저
머릿속 헤매다 길 잃고 숨어버릴까 하는 두려움에
책임자 정신에게
도망가지 못하게 잡아 놓으라 최면을 건다

벨소리에 놀란 단어 놈들
겁 없는 놈은 제자리에 점잖게 앉아 미소 짓고
다리가 짧아 어리벙벙한 놈은 서성이다 잡혔으니
정답은 상도 하도 아닌 고사장에 앉은 자부심

서울방송통신대학교 이름으로
볼펜에 온 힘 모아 스터디 학문의 열기를
활활 태우며 기말시험을 치르고 있다

단어들아, 시험 볼 때만이라도 곁에 있어 다오

미아 스터디 앞줄에 앉아
선배님 강의를 들으니 멀고 먼 동서양에서 온
우리의 예절과 문화를 모르는 외국단어 놈들이기에
기를 쓰고 다가가 같이 놀아 보자 달래본다

밝은 형광등은 내 안에서 꺼졌지만
그래도 희미한 백열등 켜져 있는 머릿속 창고
답답하겠지만 중간에 포기할 생각 말고
끈덕지게 앉아 있으면 머지않은 날에
좋은 결실 맺으리라 스스로 다짐한다

전철 스피커에서 수유역 미아역 하는데
못 듣고 잠이 들어 버렸다

어젯밤 스터디에 왔던 친구가
언제 왔는지 옆에 앉아 나를 흔들어 깨워
창피한 마음에 눈을 더 꼭 감고 고개를 푹 숙였다

자유를 만난 외국단어 놈들
운동하지 않아 허리가 구부러진 놈
예절도 없이 많은 식구 작은 점까지도 함께 오더니
내 머릿속을 도망쳐 어디로 돌아다닐까

그래도 나를 안심시켜 주는 단어는
어려서 같이 놀았던 하체가 약해서 도망가지 못하고
함께 따라다녀줘서 고맙다

누가 세계화 좋다고 했던가
외우기조차 힘든 긴 이름의 단어들
제발 볼펜 끝에서 술술 풀려나와 다오

대학 입학

배움에 대한 갈증으로 두리번거렸다
곁눈으로 남의 좋은 학벌을 부러워하기도 했다
어떻게 하면 배울 수 있을까
오직 그 생각뿐이었다

이리저리 헤매며 기죽은 마음이 서러웠다

그때 옆을 지나가는 학생들
나지막한 목소리에 귀가 번쩍 띄었다
빠른 걸음으로 쫓아가 어떻게 하면 배울 수 있는지
자세히 물어보았다

그들이 친절하게 가르쳐 준 다정한 웃음에
온 세상이 환하게 열리는 것 같았다

서울방송통신대학교는
누구나 가서 배울 수 있는 문이 활짝 열려 있다고 했다

설레는 마음으로 달려갔다
모여 있는 많은 사람 중에
빛바랜 넥타이와 회색 브로치를 한 사람들도 있었다

나도 용감하게 도전했다

한 번도 만져보지 못한 컴퓨터가 서툴러
자판에서 손이 자주 이탈했다

공부가 만만치 않아 많이 힘들었지만
옆에서 친구가 도와주며 용기를 북돋아 주었다

끝까지 포기하지 않고
당당하게 대학 졸업장을 가슴에 안아 보리라
다짐에 다짐을 하며
나는 오늘도 공부를 열심히 하고 있다

파랑새가 되고 싶다

타는 목마름을 참아야 했고
흥청망청 베짱이들이 놀자 해도
귀를 막아 버렸다

누군가 던진 돌멩이 맞고
피 흘린 자국에 옹이도 생겼다

추운 겨울
눈바람 맞으며 오른 고갯길

큰 바위 작은 돌 밟으며
깊은 골짜기 건너 오른 길
뒤처져 걸어도 그 산 좋아 자꾸 오른다

공기 맑은 정상의 산꼭대기에서
사철 푸른 이름표 달고 서서
노래하는 파랑새가 되고 싶다

늦가을

예쁘게 차려입고 소풍을 갔다

갑자기 산에 오른다고 해서
몸이 좋지 않아 사양했으나
친구들이 같이 가자고 졸라서 할 수 없이 따라 올라갔다

관절이 너무 아팠다
퇴화된 건강도 생각하라는 통증이 매섭다

작대기를 짚고 절뚝거리며 내려오는 길에 보니
다른 친구들도 나랑 진배없어서
동질감을 느꼈다

청춘과 늙음이 서로 다르다는 것을 깨달았다

그러나 불편한 점이 많아도 잘 인내하라며
젊은 선생님들이 싸준 사랑의 도시락을 들고
안 아픈 척 덜 아픈 척 열심히 따라다녔다

외손자

산수유꽃 노란빛을 쏟아 낸다
젖 내음 분 내 고운 숨결
꽃 위에 엎으니 시간도 쉬어간다

뿌리 깊이 발 뻗어
환하게 피어

어두운 곳
행복의 향기 널리 뿌려
햇빛으로 넓은 동산 만들어

참새 파랑새 불러 모아 나팔 불어
축복의 입맞춤으로
둥근 잔치 크게 연다

다툼

바람은 밤낮을 잡고 흔들어 댄다

흰 구름과 검은 구름도 서로 드잡이하며 싸운다

화가 난 하늘이 회초리를 든다

여행길

높은 산 큰 바위 작은 바위 사이
고요를 물고 있는 좁은 길

한 세계를 벗어놓고
다른 세상으로 연결해 줄 것 같은 그 길

고개를 숙이고 들어가 본다

겹겹의 능선이 펼쳐진 풍광에
아, 하고 단전에서 감탄사 하나가 나온다

뿌연 안개가 덮인 것 같은 눈을 밝힌 해안

꽃망울 터진 마음이
탁류를 쏟아버린 시간의 기적

3부

쑥을 뜯으며

감나무

햇빛을 온몸에 받으며
자태를 뽐내는 감나무

덥거나 추워도 잘 참는 방법
사랑을 듬뿍 준 어미나무 보고 자란
자식 나무가 배운다

무더운 밤에 내린 여우오줌 비도
큰 나무는 작은 나무에게
방울방울 떨어뜨려 준다

가지마다 작은 열매 크게 열려
주렁주렁 달린 감

오늘도 고모네 동생네 딸네
감을 보내준다

민들레꽃

길가 민들레꽃
욕심이 없는 건지 성격이 좋아선지
넓은 땅 논밭은 다른 꽃 살라고 양보했다

돌 틈바구니에서 살면서
함부로 딛는 발자국에 팔다리가 잘려 나가고
온몸이 뭉개져도 원망하지 않는다

노란빛으로 웃어주는 민들레꽃
착한 너의 모습을 보면서도
사랑의 마음을 배우지 못하고
서운한 친구에게 토라진 나를 반성한다

똑바로 보지도 않고 고개 돌리며
눈 감아 버린 우리의 마음
먼저 다가가 화해의 악수를 해 봐야겠다

모두가 뉘우치며 민들레 마음 배우면
여기저기서 웃음 커질 것이다

쑥

네 이름, 쑥
작명이 궁금하다
왜 ㅅ을 하나가 아닌 둘을 합쳐 썼을까

ㅆ 떨어지지 말자고 맹세를 했나
사랑으로 서로 껴안고
어디서나 한 몸 되어 춤추는 쑥

그 일편단심에 떼어 놓지 못하고
같이 묶어 이름이 되었나

푸른 치마 펄럭이며 춤추는 쑥
너는 붙어 있어서 좋겠다

희망의 숲

참나무 숲 푸른 봄
옷감 물들여 입고 가지마다 춤추고 있다

코로나19에 지친 모두에게
가까이 다가오라 손짓한다

그 어디에도 숨을 곳이 없는 바이러스 앞에
새 희망으로 용기를 주는 숲

불암산 참나무 숲에서
고달픈 마음을 쉰다

사랑의 힘

봄이 고개를 들고 일어나면
들녘과 숲의 발걸음이 바빠진다

이 들녘 저 산천 문을 두드리며
자식 입힐 고운 옷 만들자 하니
모두 일어나 물감통 메고 나온다

땅에서 하늘까지 색동 옷 입혀 놓으면
봄바람이 신나 춤을 추고 다닌다

코로나19로 근심 쌓인 우리에게
희망을 듬뿍 준다

나비정원

세상 철쭉꽃 다 모여 핀 것 같은
그 아름다움에 취해
함박웃음 웃어본다

맨얼굴로도 예쁜 사람들
더 아름답게 빛난다

모두 마스크 벗어 던지고
영원히 간직할 추억 담으려

앞에 앉고 뒤에 서며
핸드폰 꺼내는 손길 바빠진다

나도 시방 청춘이다

참새

마당에 날아든 내 친구 참새들
황금 들판 메뚜기와 술래잡기도 한다

콩서리 모닥불에 구워 먹다 던져주면
앙증맞은 부리 바빠진 참새들

목젖이 보이는 웃음
바람에 태워 보내면 메아리가 다시 데려온다

마중 나온 달이 등 떠밀면
어미 둥지 찾아간 내 친구 참새들

어, 나를 찾아왔나
문밖을 서성이는 참새 한 마리

걱정이다

설이 다가오니 할머니 부모님이
눈앞에 계신다

우리 집은 종갓집이라
모든 음식이 순서대로 만들어지면
가래떡도 다른 음식도 언제나
할머니 명령 따라 받아먹었는데

장손인 오빠가 아들을 낳지 못하자
무당 굿 소리가 끊이지 않았다
동네 회관에도 노인정에도 나가지 않고
속앓이하셨던 오빠

93세가 된 오빠는
육체가 무너져 병원생활을 하시니
제사와 전답을 누가 모시고 관리할까
걱정이다

내 기억력, 누가 빼앗아 갔나?

햇볕 칭칭 감고 떠난 여행길
산과 들 사방팔방에서 꽃들이 웃어준다
편견 없는 자연을 바라보며 나를 돌아본다

세상 욕심 너무 부려 이렇게 되었나
버스 내리는 장소를 기억 못 하고
다른 곳에서 내려 경전철 타는 곳까지 힘겹게 걸었다

또 도착지인 막내딸 집 현관문도 못 열었다
핸드폰에 버젓이 비밀번호까지 적혀 있는데
열지 못해서 바쁘게 일하는 사위에게
묻고 또 물어 현관문을 간신히 열었다

집에 돌아와 내가 한심했다

저 자연의 마음을 닮아
욕심을 부리지 않고 사랑하는 마음으로 살았다면
내 기억들도 꽃처럼 환하지 않았을까

돌담길

내가 크나 네가 크나
키 자랑하며 맞대고 있는
구부러진 돌담길

우리 언니 물동이 이고 오는 그 길에서
덜컹거리는 자전거 소리에 뒤돌아보다
첫사랑과 눈이 마주쳐 부끄럽고 화가 나서

물동이 깨 버리고 눈물 흘린 길
호통치시던 어머니 목소리

언니의 아픔과 추억이 아리게 스민 길

사립문 뒤
구부러진 돌담길

학교 가는 길

내가 국민학교 다니던 그때는
오전반 오후반으로 나눠 수업했다

오후반이었던 친구와 나는
장맛비가 억수로 내리는 날

우산도 비옷도 없어서
마다리 가마니 쓰고 학교 가던 중
친구와 함께 냇물을 건너다 넘어져 떠내려갔다

큰 바위를 만나 겨우 붙잡은 후
냇가 풀을 잡고 나왔던 기억
눈앞에 선하게 그려진다

지금 이렇게 우리 밝게 웃으며
추억이라고 말할 수 있으니
참 감사하다

한글과 영어

너 왜 허리 구부러져 있나
운동하지 않아서 그리 되었나

나에게 배우라
나의 몸매 보고서 배우라

친구와 함께 노는 사랑의 마음
너 왜 변덕 그리 부리나

이 친구 손잡고 저 친구 손잡고 다 같이 가자

너의 속마음 몰라 답답한 마음
너와 같이 놀자고 부를 때마다
나 혀 꼬부라져 같이 놀기가 싫다

그러나 너의 잘못 아니니 노력해 보자
같이 마음잡고 기쁘게 놀 수 있도록

담쟁이

푸른 옷만 차려입고 다니기에
행복해 보여 부러운 마음에 가까이 가 보았다

겉옷에 가려 보이지 않던 상처들

장식품 하나 보이지 않고
검은 덩굴들과 실뿌리들뿐

너와 나는 같은 뿌리 한 마음
높은 곳도 낮은 곳도
가슴으로 외우며 오른 고갯길

등 굽은 굵고 가는 줄기들
거미줄처럼 엮어 담벼락을 타고
바위와 높은 나무 위까지도 뻗어간다

흉한 등 굽은 모습 보이지 않으려고
푸른 잎으로 가리고 올라가는
담쟁이와 나 성점아

쑥을 뜯으며

어릴 때 밭두렁에서 쑥을 캐오면
할머니 내 손을 꼭 쥐며
꼬막손으로 애썼다고 하셨다

누런 잎도 바구니에 담아온
어설프게 캐 온 쑥

쌀이 적을 땐
쑥을 잔뜩 넣어 죽을 쒀 먹었다

나이 든 지금도
쑥을 비닐봉지 가득 캐 와서
베란다에 펼쳐놓으면
쑥 향이 온 집안에 가득했다

피곤은 사라지고
부자가 된 것만 같아 너무 좋다

배추밭

넓은 밭에 줄 서 있는 배추들
갑작스런 소낙비에
잘려나간 이파리들 걱정되었다

그 밭에 오르다가
돌멩이에 부딪혀 한참이나 주저앉았다

시원한 바람이 일으켜줘서
절룩거리며 그 밭에 올랐다

가을이 되어
속이 꽉 찬 배추를 수확하여
겉잎을 떼어내고 김장을 했다

훌륭한 겨울 김치가
김칫독에서 숙성되는 시간이 너무 좋다

오뚝이

바위틈 사이
위태롭게 서 있는 나무와 풀들

더워도 추워도 사계절을 제 자리에 서 있다

가림막도 하지 않고
맨몸으로 당당히 견딘다

골짜기를 날아다니는 꾀꼬리
청아한 노래로 응원한다

홀로서기는 감동적이다

지난여름 무엇을 했는지
나를 돌아보게 한다

나이

머리카락을 염색하고
화려한 옷차림으로 흥얼거리며 떠난 여행길

잠자던 유년을 깨워
산과 들과 꽃들을 향해 재잘거려 본다

친구들이 불러
예쁜 단풍과 사진을 찍으려 뛰어가는데

똑바로 걷지 못한 몸이
현장에서 발가벗겨져 버렸다

눈을 지그시 감았다

어린이날

5월 촉촉이 내리는 비
싱싱하게 일어난다

서로 얼굴 보며 활짝 핀 꽃들
정다운 미소로 바람에 몸을 맡긴다

오늘은 어린이날
아빠 엄마 따라 흥얼대는 콧노래
꽃길을 따라 뛰어가는 아이들

눈부신 풍경이다

4부

등 굽은 어미

짱뚱어와 술래잡기했던 바다

밤에는 별과 달 빛나고
나무와 풀들 재잘거리는
바닷가 내 고향 해남

여름 되면 짱뚱어와 술래잡기했던 바다
지금은 고천암 넓은 농토가 되어
갯벌의 맑은 공기 쫓아낸
농약 냄새에 어른들 한숨 커진다

살랑대던 꽃바람은
맑은 샘물 찾아 산속으로 사라지고

조잘대던 아이들은 하나도 없고
관절 마디 굽은 낯익은 얼굴들
맛있는 음식으로 정을 나눴다

잘했다
칭찬하는 부모님 음성
들리는 듯하다

*이 작품은 2018년 8월 8일 백일장에서 장원함.

그리운 얼굴들

누비저고리 벗어 던지고
내리쬐는 햇살 등에 지고
송진 따서 만든 껌 서로 돌려가며 씹었다

어린아이 속살같이 보드라운 삐비 뽑아
주머니에 가득 넣고 먹었다

황금빛 가을
메뚜기를 잡아 빈 병 가득 채우면
온 세상을 다 얻은 것맹키로 좋았다

머리엔 꽃 왕관 쓰고 메뚜기 목걸이하고
클로버 꽃시계하고 신작로에 들어서면
개선장군이 된 것만 같았다

모닥불 콩서리에 새까만 얼굴들
서로 보고 깔깔댔던 유년

정다운 그 이름들 볼펜 끝에서 불러본다

금자

춘자

순애

기다림

추석이 다가오면
부모님이 가신 신작로 바라보며
작았던 그림자 길어질 때까지
돌담 앞에 쭈그리고 앉아 기다리다
동생들 눈이 사르르 감기려 할 때쯤

막내아들 이름 부르시는 어머니 목소리에
벌떡 일어나 달려간다

이고 오신 보자기 펼쳐놓으면
입어보고 신어 보는 형제들 얼굴에
함박꽃웃음이 귀에 걸렸다

자랑하려 올벼쌀 씹으며 달려간 동무 집
큰 소리로 부르자 고개 숙이고 나온
순이 눈에서 떨어진 눈물보고 입을 꾹 다물었다

서울 고층 아파트에 누워 타임머신을 타고 간
머나먼 내 고향 해남
반세기 넘었어도 변하지 않는 그 파노라마
내 눈앞에다 가져다 놓았다

마중 나온 반가운 눈물
조용히 팔베개에 흘린다

어머니

파도처럼 몰려오는 향수
한 걸음씩 쫓아오는 추억

다 내어주며 가난했던 삶에도
자식들 그늘 만들어
사랑의 손길로 보듬어 주셨던 어머니

내 마음에 숨겨진 그리움
옛이야기 속으로 가버린 추억

되돌아올 수 없는 머나먼 길

멀리 있어도 가까이 있는 듯
온 가족이 둘러앉은 설
보름달 속에 계신 어머니 얼굴

사랑의 향기가 가슴을 파고드는
찐한 그리움으로 파도친다

빈 냉동실

부모님이 해주신 보약이
몇 첩이나 남았을까

허리가 아파 먹었던
효험 좋은 그 보약

아끼고 아끼며 냉동실
깊이 보관한 약

부모님 사랑이 들어있는
그 보약

나이 들어 허리가 아파
냉동실을 아무리 뒤져도 못 찾고 있다

하담카페

낯선 사람 함부로 만나지 말라는
부모님 가르침 한평생 지키며 살았는데

하담카페는 세계화되었나
남녀노소 모두 반기며

손님이 원하는
여러 음료와 음식 먹게 하니

오늘도 친구들과 한마음 되어
별천지를 찾아가는 발걸음 바빠진다

신발

높은 산 오르려고 신발 끈 동여매고
여러 산골짜기와 돌산까지 다녔다

봄날의 꿈을 찾아다니며
거침없이 마음대로 걷고 뛰어다녔다

내려오는 길
나무 그늘에 앉아 벗어 본 신발
그 질긴 밑창이 나를 신고 다니느라
오른쪽 왼쪽 삐딱하게 닳았다

이제라도 새 신발 신고
제멋대로 걷지 말고 똑바로 걸어 봐야겠다

산정호수

산정호수 들어서니
인공으로 조성된 호수가 아닌 듯
멋지고 웅장했다

수억 년의 지층으로 층층이 쌓여
높게 솟아오른 명성산과
물이랑의 춤사위가 멈추고
동안거에 들었다

매섭게 부는 바람 속에서
잠시 왔다가 가는 인생
명상에 잠겨 본다

나의 애국심

내 육체는 지팡이에 의지하며 다닌다
그러나 유년 때 배웠던 노래가 애국심이 되었다

역적인 공산당을 때려죽여라!
역적인 남로당을 때려죽여라!
대한민국 만세를 부르며 가자

이런 노래 가사가 애국심이 되었는지
아들이 고생했지만
내 원망은 없다 하니 고맙다

지금도 나는 어디서나 군인과 경찰을 만나면
손을 올려 충성하고 인사한다

나의 애국심이 지팡이든 마음을
아직도 끌고 다닌다

닭과 오리

마당에 뛰노는 닭과 오리
오리는 좋은 것 먹지 않고 언제나
닭이 먼저 먹고 남은 음식 맛있게 먹는다

궁금해 할머니께 물어보니
오리는 입이 넙죽해서 주둥이로
알을 깨뜨리지 못해

닭이 오리알 함께 품었다가
주둥이로 쪼아 오리 새끼가 세상에 나오게 되니
오리는 언제나 닭이 먹고 남을 것을 먹으며
평생 닭에게 은혜를 갚는다는 것이다

오리들이 논에서 놀고 한 줄로 서서 집으로 돌아왔다

질서와 고마움을 아는 오리들이
신기해서 한참이나 바라보았다

어미꽃

넓은 밭에 줄지어 서 있는 하얀 고추꽃
뙤약볕에 쭈그리고 앉아
만지고 다독이며 살펴보는 반복의 시간

손가락이 휘고 목이 타들어 가는 갈증
오래간만에 내린 소낙비로 목을 축인다

작은 고추 크게 키워 청색 홍색 옷을 입혀
맵고도 미묘한 향내음 발라
가지마다 달아 놓고

주름진 몸 살며시 떨어지는
어미 고추꽃

뒤돌아보면
모든 삶 마디마디에
어머니의 희생이 들어있었음을 깨닫는다

몽산포

가을바람 따라
몽산포로 떠난 여행길
솔 향기 그윽한 해송과
향기 가득 안고 마중 나온 구절초

장병들 안내 따라
넓은 해변에 다다르니
서로 나와 반기는 파도 소리

모든 잡념을
바닷물에 던져 버리고 돌아오는 길

각지에서 모여든 작가들
시와 수필 목청껏 낭송하는 소리
머릿속 온갖 잡동사니 탈탈 털어 버리게 한다

고독도 떠나가고 함께 웃을 수 있는
행복한 삶이 된다는 것을 깨닫게 해준
사랑을 노래하는 몽산포

도시 까치

청량리 시장에 가려고 석계역에 서 있는데
내 눈을 휘둥그레하게 하는
까치의 행동에 놀랐다

시골 까치는 나무 위에서만
집을 짓고 사는 것만 봤었는데

서울 까치는
바람에 날아온 가느다란 나뭇가지로
전봇대 사이 전깃줄에 집을 짓고 있었다

환경에 따라
어느 곳이든 깃들어 살아내야 하는
억척스런 몸부림을 보았다

찾지 못한 140번 좌석

서울방송통신대학교 축제 때
입장할 수 있는 140번의 좌석표를
책꽂이에 있는 책 중에 한 책에 꽂아 놓았었다

찾지 못해서
축제장에 올라가는 엘리베이터
타지 못해 발을 동동 굴렀었다

4년 동안 탈탈 털며 찾아보았지만
어느 갈피에 꽂혀 있는지 찾지 못했다

끝까지 찾지 못했던 140번 좌석표
오늘도 찾아내리라는 희망으로
책장을 넘겨보고 있다

입맛

언젠가 친구들과
배가 고파 두리번거리다 찾아간 중앙시장

참나물 돌나물 갖가지 섞어
참기름 듬뿍 양푼에 담아
달걀 프라이 얹은 비빔밥
아무도 먹으려 하지 않았다

오늘은 메뉴를 바꿔
싱싱한 채소와 빛깔 고운 피망
토마토를 큰 쟁반에 가득 담아 놓으니
슬며시 스며들었다

그곳에 가면

실바람이 밀어주는 추억을 타면
앞머리 가르며 동무들이 달려온다

가난했어도 해맑았던 친구들
추억의 발자취 따라 가면
잠자던 내 유년의 한때가 깨어난다

꿈꾸던 꿈이 자주 바뀌었던
변덕스럽고 천진한 그 한 때

그 해맑고 순진한 시절
늙지도 않고 나를 기다린다

등 굽은 어미

뙤약볕과 칼바람 천둥과 번개 속을
숙명으로 알고 버텼다

손가락이 휘고 허리가 굽도록
사랑으로 키워낸 자식들
장성해서 내 품을 떠났다

멀리서 자식 바라본
등 굽은 어미의 희생

관절 마디마디 만지며
내 부모님 큰 사랑을 이제야 깨닫는다

팽나무

온 동네 그늘이 되어준 큰 팽나무
여름 되면 모두 나와 그늘에 앉아
멀리 있는 바다 바라보았다

여러 이야기 나누는 어른들
나무 위에 올라가 술래잡기했던
추억의 나무였다

가끔 고향에 가면
큰 팽나무도 아이도 없는
아무도 반기지 않는 내 고향

고향과 유년의 낙원의식과 실향의식,
그리고 현실긍정과 가족주의

공광규(시인)

고향과 유년의 낙원의식과 실향의식,
그리고 현실긍정과 가족주의

공광규(시인)

1.

생애 첫 시집 『84세에 쓰는 시』를 출간하는 성점아 시인은 1941년 전라남도 해남에서 태어났다. 시인은 화산초등학교 3학년 때 전교 일제고사에서 1등을 하는 수재였다. 그러나 식민지와 전쟁 후 국토의 폐허로 나라 전체가 절대 가난에 시달리던 시절이어서, 당시 시골의 여느 집과 마찬가지로 공부를 많이 할 수 없는 처지였다.

그는 가난과 가난에서 오는 차별로 중학교 진학을 포기해야만 했던 대신 서당에서 한문을 배웠다. 서울로 올라와 마흔이 넘어 중고등학교 과정을 졸업하고, 칠십이 넘어 한국방송통신대학교 국어국문학과를 졸업했다. 어려서부터 글 쓰는 것에 열망을 가졌던 그는 지난 2014년 《한국문인》에 시로 등단하고, 2020년에는 수필로 등단했다.

노구에도 문단 활동에 활발한 시인은 새한국문학회 회

원, 노원문인협회 회원이며, 전국김소월백일장에 차상을 수상했다. 필자와는 노원문예아카데미에서 인연이 되었다. 이 시집은 고향을 떠나오기 전 유년의 체험에서부터 서울에 올라와 생업과 결혼, 자식들을 키우면서 일어난 일화와 감정을 진솔하게 표현한 '시로 쓴 자서전'이다.

더구나 이 시집은 노원문예아카데미에서 인연이 된 이윤선 선생이 시문학 발전을 위해 희사하여 만든 〈제3회 이윤선시인문학상〉 수상작이다. 특히 성점아 시인의 "죽기 전에 꼭 시집을 한 권 내고 싶은 마음"이 아름답기 그지없는 이윤선 선생의 정성으로 소원을 이루었으니 더욱 아름답고 빛나는 시집이다.

2.

필자는 성점아의 시들을 읽어가면서 그의 고향과 유년 세계에 대한 낙원의식을 눈치챌 수 있었다. 고향과 유년의 가치는 누구에게나 똑같다. 시골에서 태어났다고 해서 값싸거나, 도시에서 태어났다고 값비싼 것은 아니다. 시장에서 태어나든 산속에 태어나든 한 사람에게서 고향과 유년의 가치는 똑같다.

누구에나 고향과 유년의 기억은 그 사람이 죽어서야 지워지는 절대 그리움의 대상이다. 사람이 아무리 나이를 먹어도 잊을 수 없는 곳은 태어나고 자란 고향이며, 유년기 추억이다. 시인의 시집에는 고향과 유년의 기억을 서정적 서사로 형상한 시들이 많다. 이를테면 「옛 고향에서」 「추석」 「명절」 「여름이 오면」 「감꽃과 유년」 「고향 생각」 「진달래꽃 목걸이」 「해남」 「그리운 얼굴들」 「쑥을 뜯으며」 「학교 가는 길」 「그곳에 가면」 등 상당수다.

꺼내도 꺼내도 뒤적일 게 많은 고향
달리고 달려가니
옛정 그리워 마중 나와 반기는
길 들 산 풀 꽃 나무 시냇물 바다

내 발자국이 찍힌 그곳

모두 나와 반기는 푸른 생명들
귓가에 쟁쟁했던 풀벌레 소리
초여름 노래하던 뻐꾹새
알 꺼내갈까 애원하던 꿩

노랫소리 울음소리 변함없다

―「해남」 부분

개인의 고향 체험은 기억 속에서 아무리 꺼내 사용해도 마르지 않는 샘물과 같다. 이 팔순을 넘긴 시인 역시 위

시에서 "꺼내도 꺼내도 뒤적일 게 많은 고향"이라고 표현
한다. 저 남도의 끝 해남에서 나고 자란 시인은 자신 고
향길과 들과 산과 풀과 나무와 시냇물과 바다를 생생히
기억한다. 이런 자연을 배경으로 다양한 풀벌레와 뻐꾸
기와 꿩 등 새들이 있다. 시인의 이런 유년의 배경이 현재
아름다운 서정시를 쓰게 하는 원동력이 되었을 것이다.

　시인의 유년은 "배고파서 책보자기 등에 메고(「진달래꽃
목걸이」) 허기를 달랬다고 한다. 이때 먹었던 경험은 "팔순
이 넘어가고 있"는 지금도 잊지 못하는 것이다. 그리고 어
느 해인가 진달래꽃으로 목걸이를 하고 찾아왔던 "어머
니의 발자국 소리"가 지금도 귀에 들리는 듯하다고 한다.
가난한 유년 시절을 주변의 사물과 사건을 통해 적실하
게 드러내고 있다.

여름 되면 동무들과 바다에 나가
게 짱뚱어 잡으려
이리 뛰고 저리 뛰었던 놀이터

바지락 잡을 물때가 되면
귀 코 다 막고 바닷물 깊이 들어가
욕심껏 바지락을 많이 잡아왔다

마당에 놓인 평상에
둘러앉은 가족들

모깃불 피워 놓고
코가 파묻히게 먹고 배 두드리며
서로를 보고 크게 웃었던 추억
눈앞에 아른거린다

—「고향 생각」 전문

시는 기억의 재구(再構)이다. 위 시에서는 유년 시절에
동무들과 놀았던 기억을 떠올려 재구성하고 있다. 바다에
나가 짱뚱어를 잡거나 바지락을 잡던 경험을 이야기하
고, 마당에 놓인 평상에 둘러앉은 가족들과 모깃불을 피
우고, 여름 과일을 먹던 기억을 재구하고 있다. 시「여름
이 오면」에서도 유년의 고향을 진술하고 있다.

동무들과 "손바닥에 침을 뱉어 손가락으로 탁 쳐서/ 침
떨어진 방향을 따라 뛰"는 놀이와 짱뚱어와 바지락을 잡
았던 경험을 이야기하고 있다. 바지락을 많이 까먹어 바
지락 까는 손놀림의 달인이 되었다고 한다. 시인의 "돌아
보면/ 바다가 우리를 먹여살렸다"는 인식의 확장이 독후
쾌감을 준다.

추석이나 보름달도 유년을 떠오르게 한다. 시「추석」
에서 시인은 "유년을 떠오르게 하는 둥근달"로 표현한다.
추석과 둥근 보름달은 "변함없이 찾아왔지만" 화자의 마
음속 곳곳은 텅 비어있다고 한다. 시인은 감꽃을 보고 유

년의 기억을 떠올리기도 한다. 성인이 되어 감꽃을 보니 유년의 감꽃이 생각난다는 시 「감꽃과 유년」이다.

추석이 다가올 때쯤
참새 떼 벼논으로 날아든다

나는 논으로 나가
새들을 쫓아주는 손녀가 되어
할머니 칭찬을 독차지했다

할머니는 풋감 따서 단재기에 담아
떫은맛 우려낸 후
내 주머니에 넣어주셨다

―「감꽃과 유년」 전문

전통적으로 좋은 시들은 눈앞의 사물에서 기억을 떠올려 진술한 것들이다. 시인 역시 현재 사물 감꽃을 보고 유년을 떠올린다. 시인이 떠올리는 기억의 시간은 일관되지 않는다. 봄에 피는 감꽃에서 가을인 추석으로 이동한다. 화자는 논으로 나가 새를 쫓아주고 할머니의 칭찬을 독차지하는 사례를 시로 진술하기도 한다. 풋감을 우려 먹던 풍속도 시를 통해 알 수 있다.

시 「기다림」에서는 "서울 고층 아파트에 누워 타임머신을 타고 간/ 머나먼 내 고향 해남/ 반세기 넘었어도 변하지 않는 파노라마"에 반가운 눈물을 흘리는데, 눈물이 넘쳐 팔베개를 적신다고 한다. 향수의 그리움과 가보지 못하는 서글픔이다.

3.

성점아의 시는 실향의식과 현실의식을 같이한다. 고향과 유년의 아름다운 기억은 성인의 낭만과 환상을 배신한다. 누구에게나 고향과 유년의 공간은 과거와 같지 않다. 어려서 한나절 걸린 것만 같았던 학교 가는 길은 막상 성인이 되어 가보면 아주 가까운 거리다. 높았던 뒷동산은 조그만 언덕이고, 홍수가 불어 강과 같았던 냇물은 작은 개천에 불과하다.

유년이 낭만적이고 아름다운 것은 실제 과거가 행복해서가 아니라 안목과 인식의 폭이 옛날과 달라졌기 때문이다. 성점아의 실향의식이 잘 나타나는 시는 앞에 인용했던 「해남」 후반부와 「짱뚱어와 술래잡기했던 바다」 「팽나무」 「옛 고향에서」 「명절」 등 다수다. 「해남」은 추억 속 고향과 유년시절의 이야기였을 뿐이다. 시에서 화자의 부모님은 이미 돌아가셔서 아무리 불러도 대답이 없다. 밭농사는 옛날과 달리 비닐을 두렁에 씌운다. 새참에 막걸리라는 낭만도 없다. 시골 논밭에서 핸드폰으로 음식을 주문한다. 그래서 현재 옛 모습을 찾아볼 수 없는 고향의 모습이 안타까울 뿐이다.

　시인이 어려서 뛰어놀던 고향 모습은 시「옛 고향에서」에 잘 나타나 있다. 많고 다양한 이야기꽃이 피던 시인의 고향은 "파란 하늘과 푸른 바다가 만나는 수평선/ 사철 푸른 해송 숲에서 불어오던 솔향기"가 나던 "추억이 머무는 곳"이다. 그러나 시인은 고향에서 옛 친구를 만나 눈물을 흘렸다고 한다.

　시에서 고향은 바다와 산과 들을 철조망으로 경계를 지어놓았고, 아이들 웃음소리가 사라진 늙은 고향이다. 서로 반가워 노인정에 모인 옛 친구들도 얼굴이 주름투성이여서 "슬픔이 가슴을 파고" 든다. 시「기다림」에서는 "서울 고층 아파트에 누워 타임머신을 타고 간/ 머나먼 내 고향 해남"을 떠올리지만, 옛 고향의 모습이 아니다.

밤에는 별과 달이 빛나고
나무와 풀들 재잘거리는
바닷가 내 고향 해남

여름 되면 짱뚱어와 술래잡기했던 바다
지금은 고천암 넓은 농토가 되어
갯벌의 맑은 공기 쫓아낸
농약 냄새에 어른들 한숨 커진다

살랑대던 꽃바람은
맑은 샘물 찾아 산속으로 사라지고

조잘대던 아이들은 하나도 없고
관절 마디 굽은 낯익은 얼굴들
맛있는 음식으로 정을 나눴다

잘했다
칭찬하는 부모님 음성
들리는 듯하다

　　―「짱뚱어와 술래잡기했던 바다」 전문

　2018년 8월 백일장에서 장원을 한 작품이다. 별과 달이 빛나고 나무와 풀이 바람에 흔들리는 아름다운 바닷가 고향 해남이었지만 지금은 아니라는 말이다. 심사위원들은 시인의 이런 실향의식을 높이 사서 장원으로 뽑았을 것이다. 대한민국의 현재 시골의 모습을 잘 묘사하고 있다.
　시인의 고향은 물고기 잡으며 놀던 바다가 지금은 메꾸어져 농약 냄새 풀풀 나는 농토가 되었다. 대한민국 전반적 출산율 하락과 이농으로 시골에는 아이들이 없고, 농부병인 관절이 아픈 얼굴이 낯익은 노인들뿐이 없다. 대처에 사는 화자는 고향을 찾아가 이들과 음식으로 옛정을 나누었다. 이를 보고 돌아가신 부모님이 잘했다는 칭찬하는 목소리를 듣는다.

온 동네 그늘이 되어준 큰 팽나무
여름 되면 모두 나와 그늘에 앉아
멀리 있는 바다를 바라보았다

여러 이야기 나누는 어른들
나무 위에 올라가 술래잡기했던
추억의 나무였다

가끔 고향에 가면
큰 팽나무도 아이도 없는
아무도 반기지 않는 내 고향

—「팽나무」 전문

이 시도 실향의식을 나타내는 좋은 시편이다. 옛 시골 동네 가운데나 입구에는 수령이 많은 팽나무나 느티나무들이 있었다. 이런 나무들은 마을을 지키는 수호신이기도 하고, 동네 사람들이 모여 쉬거나 회의를 하는 장소였다. 정자와 닮아서 정자나무라고도 한다. 아이들도 나무 그늘에 와서 소꿉장난이나 술래잡기 등 여러 가지 놀이를 한다.

그러나 시 속의 현재는 그렇지 않다. 팽나무도 없고 아이들도 없다. 시골에 사람이 없으니 반기는 사람이 있을 리 없다.

시 「명절」에서 시인은 유년에 "부모님이 사 오신 파란 리본 신발"을 "선반 위에 얹어놓고/ 친구들에게 자랑했었"지만, 지금 손자들에게는 "옛날 옛적/ 전설의 고향 이야기일 것"이라고 한다. 이렇게 성점아는 과거에 생각이 머물거나 몸을 살지 않는다. 현실 삶에 적극적으로 부딪히고 참회하고 고뇌하고 감사하고 긍정한다. 건강하고 아름다운 노후다.

부모가 되어
눈에 넣어도 아프지 않을 자식 둘을 잃고 보니
그때 꿩의 몸부림과 애원이 귀에 쟁쟁하다

죄의식과 미안함으로
지난날을 참회한다

—「참회」 부분

83세가 넘으니
지팡이에 의지하면서 나선 길

복지관 젊은 선생님들 친절한 인사와

맛있는 음식 대접에 마음이 찡해온다

—「나와 6·25」부분

　시골에서 제국주의 식민지와 6·25 전쟁이 낳은 절대 가
난 시대를 어렵게 통과한 성점아는 어려운 현실에 굴복하
지 않는 삶을 살아왔다. 어려서 어미 꿩이 보고 있는 가운
데 꼬막손으로 꿩 알을 훔친 죄과로 아들 둘을 잃었다는
참회를 하고, 84세 노구에도 친절하게 대해주고 음식을
주는 복지관 선생들에게 고마운 마음을 잃지 않는다.
　시「도시 까치」를 통해서는 "환경에 따라/ 어느 곳이든
깃들어 살아내야 하는/ 억척스런 몸부림을 보았"고, 시
「신발」에서는 뒷굽이 삐딱하게 닳은 신발을 발견하고 "이
제라도 (중략) 똑바로 걸어봐야겠다"고 다짐한다. 시「불
암산」에서는 "내 남은 생도 불암산 단풍처럼/ 잘 물들다
가고 싶다"고 희망하며, 시「파랑새가 되고 싶다」에서는
"공기 맑은 정상의 산꼭대기에서/ 사철 푸른 이름표 달고
서서/ 노래하는 파랑새가 되고 싶다"고 한다.
　시「나비정원」에서는 "나는 시방 청춘이다"라고 선언한
그는 "머리카락을 염색하고/ 화려한 옷차림으로 흥얼거
리며"(「나이」) 여행을 떠나기도 하고, "흉한 등 굽은 모습
보이지 않으려고/ 푸른 잎으로 가리고 올라가는 담쟁이"
와 자신을 일치시키기도 한다. 그러나 관절이 너무 아파
매서운 통증을 앓고 있으며, "청춘과 늙음이 서로 다르

다"(「늦가을」)는 것을 깨닫기도 한다. 성점아는 이렇게 자신의 현실을 정확히 의식하고 인식하며 긍정을 지향한다.

4.

우리는 성점아의 시에서 전통적 가족주의를 엿볼 수 있다. 그의 시에는 가족이 자주 등장한다. 유년에 고향에서 자연풍광과 함께 가족들에 둘러싸여 성장한 결과일 것이다. 그리고 전통적 가족관계를 중시하고 있는 가치를 중요하게 생각하는 신념 때문일 것이다. 그의 시에는 할머니, 아버지, 어머니와 고모에서부터 언니, 오빠 등 형제와 결혼 후 가족 구성원이 된 아들딸과 손주까지 동원된다.

시를 예로 들면 「김장 세습」「나는 계모인가? 애국자인가?」「등 굽은 어미」「어미꽃」「닭과 오리」「하담카페」「어머니」「돌담길」「걱정이다」「감나무」「외손자」「가을 풍경」「봄이 오는 소리」「어미는 걱정 말고」「추석」「풀빵」「반 그릇의 밥」「할머니는 기상청 예보관」「가족들 생각」 등 상당수다.

햇볕이 좋아 밖으로 나가보니
어젯밤 내린 비로
나뭇잎과 풀들 싱그럽게 춤추고 있다

내 유년 시절
5일장이 열리는 날엔 장사하러 가신 아버지
정성스럽게 맛있는 밥을 해주신 어머니

물레 돌리시던 할머니
명절이 되면 손수 짠 옷감으로
우리 형제들 새 옷 지어 주시고
새 신발 사 주셨다

행복했던 유년의 추억
엉키지 않는 실타래처럼
술술 풀려나온다

―「가족들 생각」 전문

위 시에는 유년시절 장사를 나갔던 아버지와 밥을 해
준 어머니, 물레를 돌리던 할머니를 소환한다. 그 가운데
할머니는 명절이 되면 손수 짠 옷감으로 형제들의 새 옷
을 지어 주고 신발을 사주었다. 시인은 이런 과거를 "행
복했던 유년의 추억"으로 자연스럽게 기억한다.

어느 세계에서나 노인은 지혜를 상징한다. 노인이 오랜
시간 살아온 인생의 경험치를 후대에 물려주기 때문이다.
예를 들면 시 「할머니는 기상청 예보관」 내용이 그렇다. 할
머니는 소쩍새 울음소리로 풍년이 들지 흉년이 들지 안다.

개미 행렬을 보고 비가 올지 안 올지 안다. 마당에서 놀던 닭이 높은 곳에 올라가면 비가 많이 온다는 것을 안다. 모두 할머니의 할머니와 자연 현상으로부터 배운 지혜다.

시 「추석」에서 성점아의 "부모님은 들과 산과 시장으로/ 바쁘게 다"녔다. 시장에서 제사상에 올리는 제물과 내 선물까지 사 오면 친구들에게 자랑했다. 여름밤에는 마당에 모깃불을 피우고, 평상에 누워 손가락을 세며 기다리던 추석이 있었다. 그러나 이미 팔순이 넘어서 지금, 그 추억을 다시 볼 수 없다. 동무들과 유년의 고향이 그리울 뿐이다.

시인은 시 「반 그릇의 밥」에서 "어머니에 대한/ 아버지의 사랑법"을 알았다고 한다. 아버지가 밥 반 그릇을 남기는 것은 어머니를 위한 것이고, 그 밥을 퍼먹는 자식들을 바라보는 어머니의 흐뭇한 미소의 의미를 결혼 후에 알았다고 한다.

현재 84세에 이른 성점아는 등이 굽었다. 이것을 「등 굽은 어미」를 제목으로 시를 썼다. 자신의 서사를 서정으로 형상한 솔직하고 좋은 시다.

뙤약볕과 칼바람 천둥과 번개 속을
숙명으로 알고 버텼다

손가락이 휘고 허리가 굽도록
사랑으로 키워낸 자식들
장성해서 내 품을 떠났다

멀리서 자식 바라본
등 굽은 어미의 희생

관절 마디마디 만지며
내 부모님 큰 사랑을 이제야 깨닫는다

—「등 굽은 어미」 전문

성점아는 무조건 희생이라는 자신의 어머니를 복사하는
삶을 살고 있다. 자신이 가족을 위해 지난 한 삶을 살아
가는 어미라는 것을 숙명으로 받아들이고 있다. 식구들을
위해 몸을 아끼지 않은 자신은 손가락이 휘고, 허리가 굽
었다. 이렇게 자식들을 키워 품을 떠나보냈다. 화자는 자
신이 키워낸 자식을 바라보며 휜 관절 마디마디를 만진
다. 그러면서 자신의 부모님 큰 사랑을 이제야 깨닫는다.
　전통과 문화는 세습된다. 성점아는 이런 세습을 「김장
세습」으로 썼다. 화자의 늙은 어머니는 감장 때문에 새벽
부터 동동거린 적이 있었다. 이런 "대대로 이어오던 김장
풍습"이 자신의 마음에도 옮겨붙었다고 한다. 화자는 지난
날 자신의 어머니가 그러하셨듯, "올해도 김장을 해놓고/
자식들 입에 들어갈 생각을 하며/ 흐뭇하게 바라본다"
　시 「어미는 걱정 말고」는 김장을 해서 아들딸 집에 택배
로 보내는 내용이다. 택배를 보내면서 "이 어미는 걱정 말

고/ 잘 먹고 건강하게 행복하게 살"기를 기도하고 있다.

버스 내리는 장소를 기억 못 하고
다른 곳에서 내려 경전철 타는 곳까지 힘겹게 걸었다

또 도착지인 막내딸 집 현관문도 못 열었다
핸드폰에 버젓이 비밀번호까지 적혀 있는데
열지 못해서 바쁘게 일하는 사위에게
묻고 또 물어 현관문을 간신히 열었다

―「내 기억력, 누가 빼앗아 갔나?」 부분

이 시는 시인이 막내딸 집을 찾아가면서 일어났던 일화
를 진술하고 재미있게 구성하고 있다. 화자는 집에 돌아
와 자신이 한심해졌다고 한다. 그리고 세상 욕심을 너무
부려 이렇게 기억력이 없어졌나 하고 성찰한다. 성점아는
〈시인의 말〉에서 "속 안 썩이고 잘 커 줘서 고마운 내 자
식들에게 고맙고 미안하다"고 한다. 시의 행간에서 보면
자녀들이 잘 성장했음을 눈치챌 수 있다.

5.

지금까지 우리 시단에서 보기 드문 팔순이 넘은 시인의 첫 시집 원고들을 살펴보았다. 이 시집의 주제는 고향과 유년시절을 아름답게 바라보는 낙원의식과 나이가 먹어서 고향을 방문하고 느끼는 실향의식이 존재한다. 낙원의식은 과거를 아름답게만 보는 것이고, 실향의식은 과거의 좋은 기억을 배반하는 현실 상황을 이야기한다.

현실은 과거를 배반한다. 그래서 현실은 아름답지 않고 슬프다. 이런 감정들이 성점아의 시에도 곳곳에 묻어난다. 그리고 시인은 현실에 닥친 상황을 부정하지 않고 긍정으로 이전시킨다. 많은 시가 그렇다. 그리고 성점아의 시에는 가족들을 많이 등장시킨다. 가족에 대한 전통적 가치를 높이 사고 있기 때문일 것이다.

시인은 〈시인의 말〉에서 팔순을 훌쩍 넘어 "돌아보면 서럽고 눈물 난 가시밭길이었지만 그래도 모두 다 감사한 시간이었다"고 고백한다. 필자는 성점아 시집 『84세 쓰는 시』를 읽어가며 대한민국 현대사를 몸으로 뚫고 온 한 여성의 서정적 기록을 통해 현대사의 지난함을 생생하게 경험하였다.

어려서부터 영민했던 성점아는 "초등학교 때 이태백의 시를 보고 시인의 꿈을 가지게 되었"으며 "죽는 날까지 시의 끈을 놓지 않을 것이"라고 했다. 그의 노력 결과가 오늘 한 권의 시집으로 빛을 보게 되었다. 많은 분이 성점아 시인의 시를 읽어 우리나라 근현대사의 질곡을 추체험하길 바란다. 축하드린다.

84세에 쓰는 시

성점아 지음

발행처	도서출판 **청어**
발행인	이영철
영업	이동호
홍보	천성래
기획	육재섭
편집	이설빈
디자인	이수빈	김영은
제작이사	공병한
인쇄	두리터

등록   1999년 5월 3일
       (제321-3210000251001999000063호)

1판 1쇄 발행 2024년 8월 30일

주소   서울특별시 서초구 남부순환로 364길 8-15 동일빌딩 2층
대표전화 02-586-0477
팩시밀리 0303-0942-0478
홈페이지 www.chungeobook.com
E-mail   ppi20@hanmail.net

ISBN   979-11-6855-273-9(03810)

이윤선문학상 수상작